活著

谷川俊太郎　詩

岡本義朗　圖

游　珮　芸　譯

活著

現在，我活著

所以，會覺得口渴
感覺葉縫間的陽光耀眼

或是不經意想起某段旋律
或是突然打了個噴嚏

或是牽著你的手

活著
　現在，我活著

迷你裙

天象儀

小約翰・史特勞斯

畢卡索

阿爾卑斯山

13

所以，可以與所有的美好相遇

並且
可以謹慎拒絕潛藏的邪惡

活著

現在，我活著

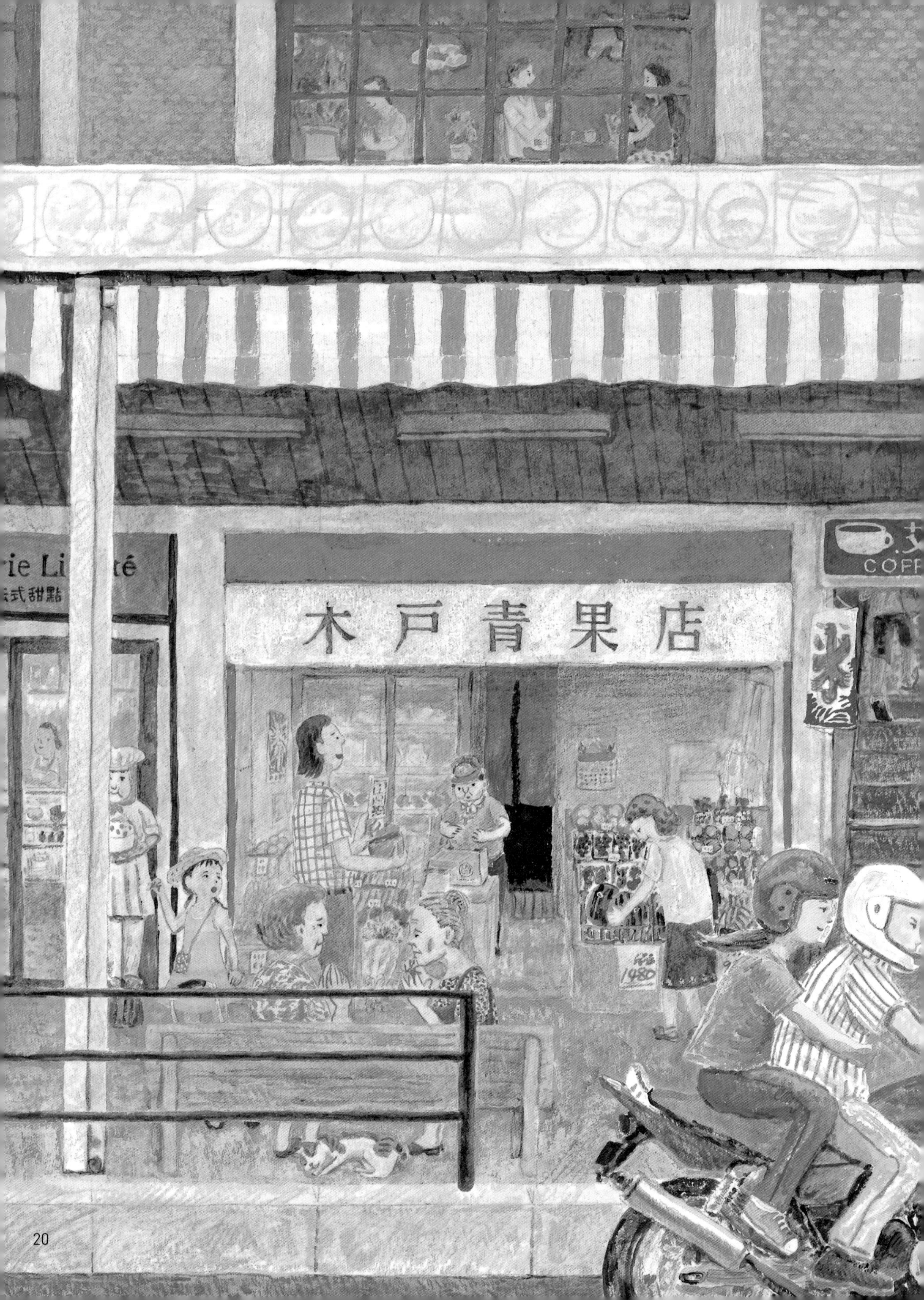
木戸青果店
1480

所以，可以哭泣
可以大笑
也可以生氣

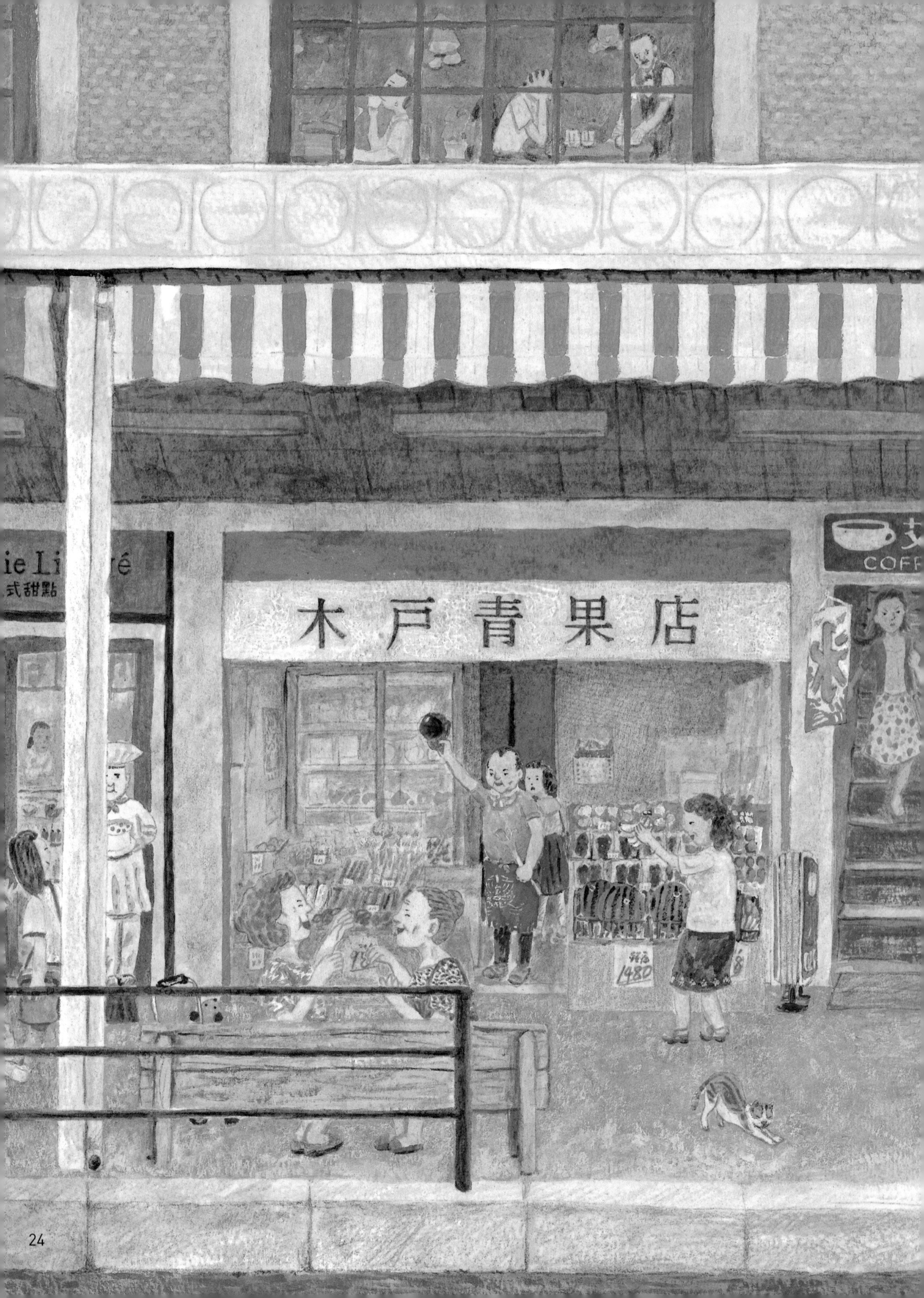
木戸青果店
COFF
式甜點
1480

我是自由的

活著

現在，我活著

現在，遠方有野狗狂吠
現在，地球轉動著
現在，某處有嬰兒誕生
現在，某地有士兵受傷
現在，鞦韆晃動著

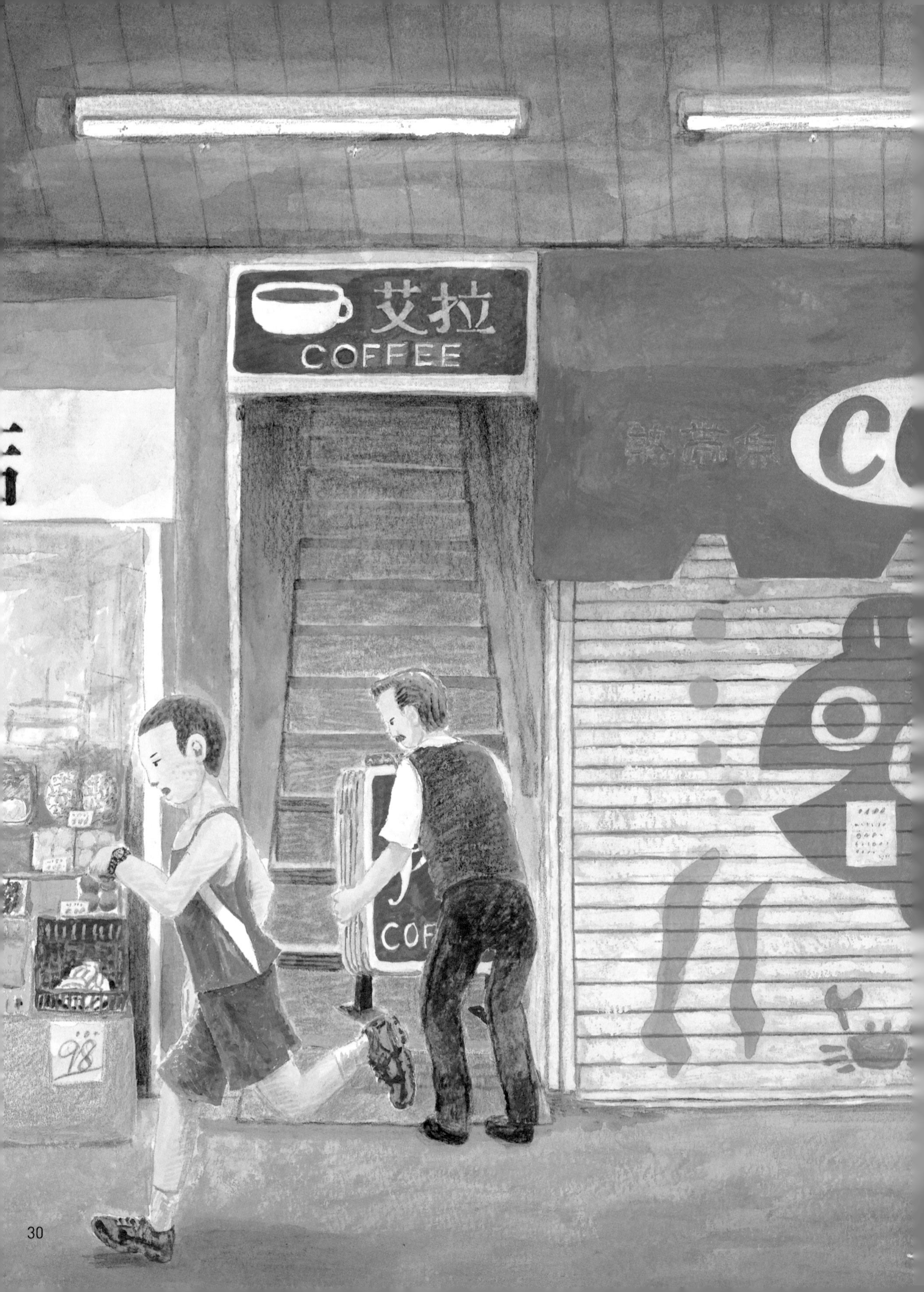
艾拉
COFFEE
COF
98

現在，現在正在流逝

真心電

步步公車

8

今町

下一站
未來社區

活著
　現在，我活著

鳥兒展翅飛翔
海濤起伏作響
蝸牛匍匐前進

人們相親相愛

我可以感覺你手心的暖

那就是生命

活著

谷川俊太郎

活著
現在，我活著
所以，會覺得口渴
感覺葉縫間的陽光耀眼
或是不經意想起某段旋律
或是突然打了個噴嚏
或是牽著你的手

活著
現在，我活著
迷你裙
天象儀
小約翰 · 史特勞斯
畢卡索
阿爾卑斯山
所以，可以與所有的美好相遇
並且
可以謹慎拒絕潛藏的邪惡

活著
現在，我活著
所以，可以哭泣
可以大笑
也可以生氣
我是自由的

活著
現在，我活著
現在，遠方有野狗狂吠
現在，地球轉動著
現在，某處有嬰兒誕生
現在，某地有士兵受傷
現在，鞦韆晃動著
現在，現在正在流逝

活著
現在，我活著
鳥兒展翅飛翔
海濤起伏作響
蝸牛匍匐前進
人們相親相愛
我可以感覺你手心的暖
那就是生命

讀出你自己的微電影

國立台東兒童文學研究所所長／游珮芸

1931 年出生的谷川俊太郎，今年 85 歲。從谷川的官網上，仍可看到他風塵僕僕到各地參加座談或是新詩的朗讀會的訊息。這一位日本家喻戶曉的「國民詩人」，其實你我也不陌生。我相信很多人都知道日本第一部電視動畫——手塚治虫的《原子小金剛》，或是看過宮崎駿的《霍爾的移動城堡》，這兩部動畫的主題曲，就是谷川俊太郎所填的歌詞。

谷川的頭銜很多，除了是詩人，他還是劇作家、散文家、翻譯家、繪本文字作家，也寫小說，同時也曾為數百首歌填過歌詞。谷川 17 歲就開始在文學刊物發表詩作，1952 年 21 歲時，出版首部個人詩集《二十億光年的孤獨》，即震撼日本文壇；可以說成名甚早，且一路走來，筆耕不輟，名符其實是個「著作等身」的大作家。

我在日本唸書時，買過幾本谷川的詩集，他的詩並不晦澀，多半好讀、耐讀；意象清新獨特，總是有令人低迴的亮點。對我來說，谷川俊太郎是不折不扣的語言魔術師。這首「活著」原為 14 行的短詩，是谷川很早期的作品，谷川曾說：「那是剛剛流行『迷你裙』的時代，看到時尚雜誌上穿迷你裙的模特兒，會令人精神一振」，後來詩句增加到 39 行，收錄在 1990 年出版的《俯首青年》詩集中，是大家較為熟悉的版本。

1995 年由作曲家三善晃譜曲，成為日本高校合唱團必練的歌曲；之後，這首詩又被收進日本國小的國語教科書中。

記得 2011 年 311 東日本大地震之後，網路上流傳兩首日文詩，都由知名演員朗讀，以鼓勵受災民眾並撫慰人心。一首是宮澤賢治的「不怕風不怕雨」，另一首就是谷川俊太郎的「活著」。

　　然而，這樣一首日本多數民眾可以朗朗上口的現代詩，要配上插圖成為繪本，卻相對困難。因為詩文中的意象鮮活，卻也充滿詩意的留白與思緒的跳躍；雖點綴了具象的景物，卻也撩撥了抽象的概念。

　　畫家岡本義朗的詮釋方式，著實令人驚艷！書名頁上停了一隻蟬，第一個跨頁即是相對於「活著」的「死亡」，一隻夏蟬的殘骸……岡本跳脫原本詩文的框架，以畫面和鏡頭「導演」了一部無聲的微電影，讓讀者可以用無字圖畫書方式解讀《活著》裡的連續圖像，同步體驗一個小男孩暑假的某一天。

　　細緻寫實的場景與圍繞在小男孩那一天生活中的家人、鄰居或路人的活動與表情，是如此平凡、如此日常，在在讓讀者感到親切與熟悉，彷彿是自己童年中的某個片段。而此時，谷川俊太郎的詩句，就像是「微電影」中意味深長的旁白，與畫面互相補足、並更加擴充延展，圖與文的協奏，允許、也邀請讀者一面看著畫家演繹的圖像，一面將詩句中的意象，轉譯成自己版本的「微電影」。

　　所以，這是一本隱藏了多重版本的繪本，它留了大量的空白，讓讀者去填補。每個人讀出的況味肯定不同。但，相同的是，每個人都至少可以在其中找到揪心的一句話，或是一個畫面場景，在心中贊同的說：「是的，這就是活著。現在，我活著，這就是生命！」

詩／谷川俊太郎

1931 年出生於日本東京。著作有《谷川俊太郎詩集》、《定義》（以上由思潮社出版）；《散文》（晶文社）等。童書著作則有《洞》、《顏色活著》、《我》（中文版由英文漢聲出版）、《語言遊戲歌》、《洗耳恭聽》、《喂！蒲公英》（以上由福音館出版）；《朋友》、《然後呢，然後呢……》、《誰在放屁》（以上中文版由遠流出版）等。目前住在東京。

圖／岡本義朗

1973 年出生在日本山口縣宇部市。武藏野美術大學油畫科畢業。
創作範圍廣泛，包含繪畫、插畫與立體造型。在福音館《許多的不可思議》月刊的繪本創作則有《街上冒險的生態學》，《活著》是第二本。現在住在橫須賀市。
網站「岡本義朗的世界」：http://okamotoyoshiro.com/

譯／游珮芸

台大外文系畢，日本御茶水女子大學人文科學博士。
任教於台東大學兒童文學研究所，致力於兒童文學・文化的研究與教學，並從事文學作品的翻譯與評論。於玉山社星月書房策劃主編 Mini&Max 系列 60 餘本書，另譯有近百本童書。
學術著作有《日治時期台灣的兒童文化》、《在動靜收放之間：宮崎駿動畫的「文法」》、《大家來談宮崎駿》等。採訪撰稿《曹俊彥的私房畫》，獲得 2013 年金鼎獎兒童青少年圖書獎。詩文攝影《我聽見日出的聲音》。

活著 生きる

詩／谷川俊太郎
圖／岡本義朗
譯／游珮芸

步步出版
社長兼總編輯／馮季眉
編輯／李培如
美術設計／蔚藍鯨

出版／步步出版／字畝文化創意有限公司
發行／遠足文化事業股份有限公司（讀書共和國出版集團）
地址／ 231 新北市新店區民權路 108-2 號 9 樓
電話／ (02)2218-1417
傳真／ (02)8667-1065
客服信箱／ service@bookrep.com.tw
網路書店／ www.bookrep.com.tw
團體訂購請洽業務部／ (02) 2218-1417 分機 1124
法律顧問／華洋法律事務所・蘇文生律師
印刷／中原造像股份有限公司
初版／ 2016 年 10 月
初版十一刷／ 2024 年 6 月

定價／ 300 元
書號／ 1BSI1002
ISBN ／ 978-986-93438-3-1

WHAT'S LIFE by Shuntaro Tanikawa and Yoshiro Okamoto
Text © Shuntaro Tanikawa 2013
Illustrations © Yoshiro Okamoto 2013
Originally published by Fukuinkan Shoten Publishers, Inc., Tokyo, Japan, in 2013 under the title of IKIRU
The Complex Chinese language rights arranged with Fukuinkan Shoten Publishers, Inc., Tokyo
All rights reserved

特別聲明：本書僅代表作者言論，不代表本公司／出版集團之立場。